इस पार मैं

(कविता-संग्रह)

इस पार मैं

रुपाली नागर (संझा)

हिन्द युग्म
hindyugm.com
BLUE

ISBN : 978-93-87464-31-5

प्रकाशक :
हिन्द-युग्म
201 बी, पॉकेट ए, मयूर विहार फ़ेस-2, दिल्ली-110091
मो.- 9873734046, 9968755908

कला-निर्देशन : विजेंद्र एस विज

पहला संस्करण : 2018

Iss Paar Main

(A collection of poems by *Rupali Nagar Sanjha*)

Published By
Hind Yugm
201 B, Pocket A, Mayur Vihar Phase 2, Delhi-110091
Mob : 9873734046, 9968755908
Email : sampadak@hindyugm.com
Website : www.hindyugm.com
Printed at Repro Knowledgecast Limited, Thane

First Edition : 2018

अजित और ऐशिक के नाम
जिनकी हसरत, मोहब्बत और इसरार ने
मेरी कविताओं को किताब का जामा पहनाया

जो वहाँ अनकहा रह गया

पता नहीं क्यों सारे भराव के बावजूद कुछ ख़ाली-ख़ाली-सा हमेशा साथ ही रहा मेरे। जो तमाम कोशिशों के बाद भी खन-खन करने से बाज़ नहीं आता है। इस ख़ालीपन की आवाज़ से बेतरहा ख़ौफ़ आता रहा है मुझे।

उससे पार पाने के लिये मैं उससे ही बातें करने लगती हूँ। शायद उसे पलटकर डराने के लिहाज़ से या शायद अपने डर से पिंड छुड़ाने की बाबत, और यहीं मैं अपनी कमज़ोर नस उसे थमा देती हूँ। वो मेरे अंदर छुपे बैठे अकेलेपन को दबोच लेता है, बाहर की भीड़-भाड़ का फ़ायदा उठाकर।

वो हद दर्ज़ा बातूनी कि... उसका जी ही नहीं भरता बातों से। कई-कई तरीक़ों से मुझसे लगातार संवाद करता रहता है। चुप होने का नाम ही लेता। ऐसा फ़ितूरी!!

उसका मन रखते-रखते मैं जो भी कहती चली गई, वो कहा भर नहीं रह गया एक वक़्त के बाद। मैं उसे ही जीने लगी। मुझे इस कहने-सुनने में एक नशा-सा आने लगा, जिसे मैं घूँट-घूँट पीने लगी।

यह नशा ऐसा तारी हुआ कि अब मैं बारम्बार उस सुरूर का जश्न मनाने अपने उस साथी ख़ालीपन के साथ जा बैठती हूँ।

लेकिन अब उसके साथ देने की एक शर्त होती है कि जितनी भी देर मैं उसके साथ होऊँगी उस दौरान जो भी बातें होंगी वो साथ-साथ मैं पन्नों पर उतारती जाऊँगी।

उसका साथ पाने का जुनून इस क़दर मेरे सिर पर सवार हुआ कि मैं दीवानी-सी सब मानती चली गई। वो हावी होता गया मुझ पर मैं हल्की होती गई उस पर।

हमारी महफ़िल अक्सर जमती रही। मेरा रीतापन बेलाग, बेख़ौ.फ़, पूरी बेबाकी से बदस्तूर उन्माद की तरह बाहर आकर अपना रंग दिखाता रहा। अंदर का सब अच्छा-बुरा इस किताब के पन्नों पर ज्यों-का-त्यों छितर गया है।

गीत-ग़ज़ल-कविता, ना जाने ये क्या है...

जाने भी दीजिये!

क्यूँकि मैं कवि नहीं, क्यूँकि मैं होश में नहीं...

मुझे मा.फ़ कीजिये!!

कुछ जाम छलकाएँ हैं, तन्हाई की सुराही से...

उनका मज़ा लीजिये!

''इस पार मैं''

उस पार जाने क्या होगा...

कविता-क्रम

हे ईश्वर	11
ज़िंदगी	12
माँ- अव्यक्त वक्तव्य	13
पिता- एक एहसास	15
घर	16
प्रिय तुम्हारे आने से	17
सहज विस्मय	18
हुल्लास	19
गीत राग	20
पुहुप से पुकार	21
अवधि	22
अनहद	24
हमारे बीच ही	25
मेरे बच्चे	26
उचका और पतंग	27
नासमझी	28
अंगड़ाई	29
मेरी बात	31
आभास	32
ख़्वाहिश	33
खानगी	34
खालिस ख़याल	36
उड़ान	37
नियति	39

42 प्रतिदिन नव दिन
43 कोना
45 अनवरत
46 कोई सीमा नहीं
48 निधि
49 एक घरु हक़ीक़त
50 बजट
51 देशभक्ति
52 स्वैग
53 चित-पट
54 और क्या बाकी
55 हुक्का बार
56 उलटबाँसी-1
56 उलटबाँसी-2
57 मात
58 कदम-कदम पर
60 वामावर्त
61 पुनःश्च
63 मुट्ठीभर मरीचिका
64 निर्झर झरना
65 मोह-अमोह
66 काल गति
67 हसरत
68 अलहदा
69 अदा
70 बाज़ आते नहीं
71 हाँ ऐसा ही
72 लोग-बाग
73 हालात
75 बात ऐसी है
76 वजह सिर्फ़ तुम
77 वक़्त

हे ईश्वर

अपने बनाए बंदो से कैसे
सरेआम मार खाए जा रहा तू!
तेरे नाम पे खेल होते हैं कैसे
शामिल हुए बिना, प्यादा बना जा रहा तू!
देख गुल यहाँ खिलते हैं कैसे
बिना आबो-हवा, बस हैरान हुए जा रहा तू!
मुखौटे हज़ारों पहना दिए कैसे
ख़ुद अपने आप से लड़ा जा रहा तू!
धर्मों ने खाँचों में बाँट दिया कैसे
उन्माद के नंगे नाच को देखता जा रहा तू!
दे-देकर लाख तेरी दुहाई कैसे
घोला जो ज़हर, ख़ामोशी से पिए जा रहा तू!
गढ़ कर पत्थर की मूरतों में कैसे,
नित नए नियमों को, बुत बना देखे जा रहा तू!
किताबों में तेरे मौन को, शब्द दिए कैसे,
ख़ुद अपने आप से लड़ा जा रहा तू!
मंदिर मस्जिद चर्च गुरुद्वारों में कैसे
बंदी बन, कठोर कारावास भोगे जा रहा तू!
ये क्या हो रहा है और कैसे,
हे ईश्वर, यूँ हर हाल में क्यूँ जिए जा रहा तू!

ज़िंदगी

पूछा बता क्या हाल है ज़िंदगी ?
मुँह पर फीकी-सी हँसी;
आँखों में गरम नमी लाकर बोली-
मैं तो बस जी रही हूँ
पता नहीं क्यूँ जी रही हूँ ?
कहीं पर बेतहाशा दौड़ है,
वहाँ मैं भी साथ में;
हाँफती हुई भाग रही हूँ
और इस भाग-दौड़ में
जीवन तलाश रही हूँ।
कहीं पर काहिली की होड़ है
वहाँ मैं भी ठिठककर
फेफड़ों में हवा भर रही हूँ,
और इस प्राणायाम से
मुर्दा होने से बच रही हूँ।
नाम है बस अब ज़िंदगी
जीने का कोई सलीक़ा नहीं बाकी,
रूह तो खो दी, शरीर है बाकी
अब क्या कहूँ क्या हाल है मेरा ?
ख़ुद अपने कंधों पर
अपनी सलीब टाँगी।

माँ- अव्यक्त वक्तव्य

ख़ुद मौत से सामना कर शिशु को जन्म देती है माँ।
थोड़े से भी अकुलाने पर झट से दुग्धपान कराती माँ।
खो सुधबुध पागल-सी, बच्चे को अपलक निहारती माँ।
अपने बचपन की लोरियों को बिना भूले दोहराती माँ।
बच्चे की कर लोई उबटन अपनी थकन मिटाती माँ।
कुनकुनी धूप में कुनकुने पानी से ख़ूब नहान कराती माँ।
पहले बोले शब्द पर ख़ुद साथ में तुतलाती माँ।
डगमगाते पड़ते कदम पर झट से अँगुली थमाती माँ।
एक-एक कौर अपने हाथों से खाना है खिलाती माँ।
बिन खाए ही, बस खिलाकर, आकंठ जा अघाती माँ।
हर छोटी-बड़ी बात पर सिर पीठ थपकाती माँ।
यूँ ही झूठमूठ में आँखें बड़ी दिखाती माँ।
छिपाछाई खेलते-खेलते ख़ुद बच्ची बन जाती माँ।
क़िस्सागोई करते-करते ख़ुद क़िस्सा बन जाती माँ।
करने पर ग़लती ज़ोर से,कानों को है उमेठती माँ।
और फिर बड़ी देर तक बच्चे को बहलाती माँ।
थोड़ी सी फरमाईश पर रसोई में फिर भिड़ जाती माँ।
अपने सारे स्नेह-बंध को व्यंजनों में भर देती माँ।
खरोंच भी लग जाने पर देर तक सहलाती माँ।
मरहम पट्टी करते-करते ख़ुद दवा बन जाती माँ।
न लगे नज़र, डिठौना, भूले बिना लगाती माँ।
हो कितनी भी दृढ़ पर यहाँ कमज़ोर पड़ जाती माँ।
तुलसी के चौरे पर हर दिन दिया जलाया करती माँ।
बच्चे के लिए ना जाने क्या, मिन्नत करती रहती माँ।
रोज़ पढ़ाती रोज़ लिखाती, कितने सबक सिखाती माँ।
ज़िंदगी की असल सीख पहले ही दे देती है माँ।
हर सफलता पर बच्चे की, ख़ुद सफल हो जाती माँ।

ख़ुशी के अतिरेक में भी आँखों से है आँसू बहाती माँ।
बच्चे की परेशानी में ख़ुद कितना झुँझला जाती माँ।
खिन्न-मना हो जाती, दु:ख के घूँट पी जाती माँ।
पर बच्चे के पास हमेशा, आती हँसती-मुस्काती माँ।
कंधे पर रखती हाथ और ख़ुद संबल बन जाती माँ।
खट्टी-मीठी, फीकी-कड़वी सब बातों को सुनती है माँ।
बातों ही बातों में कितनी बड़ी बात बन जाती माँ।
अपने प्यारे बेटे के संग-साथ जब रमी हुई हो माँ,
पिय के उलहाने को भी हवा में उड़ा देती है माँ।
जाने कैसा सवाल है बच्चा, जिसका जवाब ढूँढ़ती माँ।
इस प्रश्नोत्तर के चलते हरदम अनुत्तरित हो जाती माँ।
सूरज बन शिशु उष्मा देता, पृथ्वी ही; हो जाती माँ।
चारों ओर परिक्रमा करके, दिन-रात बन जाती माँ।
रात को बेटे से गलबहियाँ डाले कैसे तो सो जाती माँ।
कैसी निश्चल,कैसी मदिरम, एक और बच्चा नज़र आती है माँ।
इन रंगों में इन रूपों में, विभिन्न मुद्राएँ दिखाती माँ।
तैंतीस करोड़ देवी-देवताओं की जीवंत मूर्ति नज़र आती है माँ।

पिता- एक एहसास

माँ की तरह हुलक-उमग कर नहीं
शांत स्थिर मन से आपने हमें सँभाला है।
लोरियों के मीठे सुरों से नहीं
धीर सरस कथाओं से हमें बहलाया है।
छोटी-मोटी शरारतों पर नहीं
बड़ी ग़लतियों पर ज़रूर थोड़ा हड़काया है।
रागों-भावों के अतिरेक से नहीं
समझ के सोपान से हमें ऊपर चढ़ाया है।
ना गोदी में, बाँहों में भी नहीं
कंधे पर रख हाथ संबल हमें दिलाया है।
परेशानियों में, आँखों में आँसू नहीं
मुश्किलों से डटकर पार पाना सिखाया है।
सफलताओं पर ख़ूब कुहके नहीं
पर गर्व से सीना ज़रूर फुलाया है।
घर की दुनिया से नहीं
बाहरी दुनिया से परिचित हमें कराया है।
नदी की तरह तरल होना नहीं
पर्वत की तरह दृढ़ होना सिखाया है।
अभिमान में जिए नहीं
स्वाभिमान से जीना, समझाया है।
कभी ज़्यादा बोले नहीं
पर हर वक़्त एहसास अपना कराया है।
कहीं कोई तुलना नहीं,
पर आपको ही मैंने हमेशा अपने पास पाया है।

घर

घर; एक पुरसुकून सुखद अहसास
हो कितना भी छोटा, एक विराट संसार होता है।

घर; फ़र्श छत दीवारों का
हो कैसा भी रूप, सपनों का सरअंजाम होता है।

घर; तमाम पसारों के संग
हो कितना भी गंदा, प्यार का असीम भंडार होता है।

घर; हर कोने की सजावट में
हो कैसा भी लीन, कल्पनाओं की ऊँची उड़ान होता है।

घर; सब ओर पसरे सन्नाटे में
हो कितना भी चुप, भाव कोलाहल का अंबार होता है।

घर; नित कर्मों के कल्लोल से
हो कितना भी अशांत, अमन का एक नाम होता है।

घर; लोगों की बातचीत से
हो कितना भी उद्वेलित, विचारों का आदर्श कदमताल होता है।

घर; अंदर के मतभेदों से
हो कितना भी खलबल, सामंजस्य का लयबद्‌ध सुरताल होता है।

घर, जब घर कर जाए तो
हो कितना भी दूर, सबसे निराला एक धाम होता है।

प्रिय तुम्हारे आने से

तुम हर बार एक नया ख़्याल दे जाते हो
कभी धीमे से ग़ज़ल कोई गुनगुना जाते हो
कभी ठुमरी की मधुर ठनक सुना जाते हो
दादरे में दिल को आकंठ डुबो जाते हो
टप्पे में बस जान ही लिए चले जाते हो!
महफ़िल यदि ये ऐसी ही चलती रही-
तो जानते हो-
हम भी राग-रागिनी हो जाएँगे
ऐहिक से परलौकिक हो जाएँगे
रुहें खो जाएँगी स्वर्गिक आनंद में
शरीर यहीं कहीं खो जाएँगे
हम तुम प्रकृति नहीं
प्रकृतिस्थ हो जाएँगे
इस जहाँ से कहीं ऊपर हो जाएँगे।

सहज विस्मय

आश्चर्य शब्द सा आगमन किसी का
रस से अंगराग सराबोर कर; या,
रस सारा निचोड़ कर
दे अवश्य कुछ जाता है।
निर्निमेष तकते मैदानों में
द्रुवा बन छा जाता है।
झील के स्तब्ध फैलाव में
कंकर-सा पड़ जाता है।
टकटकी बाँधे देख रहे
उन तारों में अकस्मात
कहीं उल्कापात हो जाता है।
कोख से धरा की यकायक
ज्वालामुखी उबल आता है।
उस दिन प्रिय
अचरज-सा आना तुम्हारा
हैरत साथ में लाया था।
विस्फारित इन नयनों में
वारिद बन समाया था।
खिले हुए उन लाल सुर्ख
अधर पुहुप के ऊपर
भँवरा बन गुनगुनाया था।
भौंचक-सा छोड़ मुझे
अचानक चला जाना तुम्हारा
गीत गोविंद हुए इस तन ने
मेघदूत-सा मन मयूर लिए
आल्हा ज्यूँ आल्हादित होकर
भ्रमरगीत फिर दोहराया था।

हुल्लास

वक़्त से पहले
क़िस्मत से ज़्यादा
कभी भी
कुछ भी नहीं मिलता
सुना था
सुनने में पुरानापन भी था।
अचानक ये क्या नई बात हुई
मन अचकचाया
पतझर पात-सा थरथराया
थिर हुआ
धौ से धरा में आया।
क़िस्मत थी-
प्रेम पाती बन
प्रिय के उर में समाया।

गीत राग

तुम कोमल गंधार से
इस तरह आए हौले से
मेरे साज के तारों पे
कि मालकौस की महक
धीर धमक की तरह
उतरती रही फिज़ाओं में।
स्पर्श और सुगंध का
ये कैसा सुरीला संगम
कि बदन बंसी हुआ
मेघ मल्हारों में
पीलू-सा प्राण पपीहा
कजरी में खोया खोया
राग दरबारी में जैजैवंती बन
गजरी तोड़ी की गमक लिए
तबले की ताक धिन पर
धमार-सा मचलने लगा।

पुहुप से पुकार

उस पलाश से जाकर क्यों नहीं कहते
इस तरह सुर्ख होकर नहीं दहका करते
वो रक्तिम अंगारे उर की अंगीठी में
किस कदर आग धधका जाते हैं!
पीताबंरी अमलतास कुछ तो झिझको
झूमती झामती फानूसी झालर तुम्हारी
चेहरे को किस तरह खरोंच जाती है
माथे पर शिकन सी चस्पा हो जाती है।
ओ गुलमोहर इतने गुल ना खिलाओ
अनारदानों-सी मोहरें रास्तों में ना बिछाओ
कंकड़ों से चुभते हैं ये पाँवों तले
पैरों तले आग का दरिया ना बहाओ।
माना ऋतु तुम्हारी है
पिय संग यूँ ना इठलाओ
हिय हमारा ऐसे ना जलाओ।
फिरेंगे दिन हमारे भी
आएगा पावस रिमझिम फुहार लेकर।
अपने बादल से बिजली बन लिपटूँगी
रातरानी बन मह-मह महकूँगी।
तब तुम्हारा ये संयोग शृंगार
वियोग बन छिन्न हो जाएगा
रंगीले आभूषण छिटक जाएँगे
घना हरियाला आध्योपांत छाएगा।
पर तब भी अहोरात्र
तुम बेतरहा याद आओगे
पुहुप-सा खिलना क्या होता है
मुझे जो समझा जाओगे।

अवधि

तुम्हारे बिन
बीते ना बीता
आज का दिन।
दिन था कि विषुवत रेखा
एक दीर्घवृत्त।
न मध्याह्न ना साँझ ना रात
दिन के लंबे गोल घेरे में
समय का घनाकार शून्य
दिन भी अंध कूप-सा लगा।
घबराकर
वृत्त की परिधि छाँटनी चाही
भीतर का घेरा भरना चाहा
पर
नहीं ही भरा।
दिन था कि
जिसने शाम तक
मुझे ही रीता कर दिया।
परंतु तुम्हारे आते ही
दिन विषुवत रेखा से
उत्तरी ध्रुव हो गया
वृत्त से बिंदु रूप हो गया।
तब लगा
आज के दिन-
फिर एक बार भूमध्य रेखा-सा
दिन हो जाए।

बिंदु से वृत्त
ना हो ये तो
कम-से-कम
कर्क रेखा ही हो जाए।

अनहद

हो के दूर कहाँ जाना है
लौट के फिर यहीं आना है।
भेजा भी है तुम ही ने,
आ ही गये है; अब तो फिर-
कुछ पल के लिये खो ही जाना है।
थे जब तुममें
कहाँ पता था-
सत से पृथक असत होता है
प्रकाश से परे तम होता है
बीच की बारीक लकीर
कभी ना हो पाती फकीर।
मिलते हैं जहाँ अवनि-अंबर
उस क्षितिज पर-
माया का झिलमिल संसार
खींचता है चुंबक सा।
मारीच मृग स्वर्ण वो
लुभाये पोर-पोर
अबूझ मृगतृष्णा-सा मन
दौड़ पड़े बावला सा।
कस्तूरी लेकिन भीतर की
धरने दे ना तनिक भी धीर
लिये है अग्नि के घेरे
संग तुम्हारे सात फेरे
नील मदिरम उस सागर में
दूर तर टहल आएँ
जहाज के पंछी सदृश्य
लौट जहाज पर फिर आएँ।

हमारे बीच ही

मुझे अपने मुख पर
केना के फूल-सा
तुम्हारे हाथ का स्पर्श,
अभी-अभी शेष हुआ
शहनाई-सा
साँसों का स्वर,
गोधूलि वेला से
रतनारे सांध्य नेत्र
क्यों निरंतर
कौमुदी उत्सव से लगते हैं?
तुम्हारी स्मृतियों में भी
क्या ऐसे ही
पारिजात खिलते हैं?
तुम नहीं जानतीं
तुम्हारे नयनों का पानी
कल-कल सोते-सा
जो कभी मेरे कंधे पर था;
आज पूरा झरना हो गया है।
मुझे ख़ाली पड़ी चट्टान से
कालजयी मूर्ति बना गया है।
लेकिन तुम निश्चित रहना प्रिये।
इसमें छिपे भावों को कभी
कोई समझ नहीं पाएगा।
हमारा वैयक्तिक
केवल रहस्य बन के
सबके ऊपर छा जाएगा।

मेरे बच्चे

इतिहास को कभी भूल के भी ना दोहराऊँ।
दर पीढ़ी चली आ रही रीत पर ना जाऊँ।
जो सपने देखे कभी अपनी आँखों से,
उन्हें तुम्हारी ज़िंदगी का दु:स्वप्न ना बनाऊँ।
जो ख़ुद ना बन सकी कभी अपने दम से,
उसे, तुम्हें बनाने पर ना तुल जाऊँ।
जो कह ना सकी कभी अपने उन्मुक्त मन से,
उन्हें तुम्हारे मुँह से सुनने से चूक ना जाऊँ।
जो पाई कई बार हार अपनी ज़िंदगी से,
उन असफलताओं का दंश तुम्हें ना चुभाऊँ।
जो अपमान के घूँट पिए कभी मजबूरियों से,
उस कड़वाहट का एक बूँद भी तुम्हें ना चखाऊँ।
जो रह गई अधूरी, उन ख़्वाहिशों के आईने से,
तुम्हारा सामना करा, तुम्हें डर ना दिखाऊँ।
अपने कठोर भाव, विचार, क्रोध की चट्टानों से,
तुम्हें, हमेशा मेरे बच्चे! चोट लगने से बचाऊँ।
नन्हे से पंछी तुम मेरे, उड़ो मुक्त आकाश..
बड़े डैने थमाकर तुम्हारा बोझ ना बढ़ाऊँ।
इतिहास को कभी भूल के भी ना दोहराऊँ।

उचका और पतंग

उड़ी जा रही हूँ ऊपर और ऊपर
आकाश की ऊँचाइयों में
बिना पंखों के;
भारहीन बादलों की तरह,
कोमल पतंगों की तरह।
ओस की बूँदों-सा;
ज़रूर कुछ है मेरे ऊपर,
जो ख़ुशी के अतिरेक में
अक्सर होता है साथ मेरे।
इसके सिवाय कुछ और
नहीं है मेरे पास,
कोई वस्तु ...
इसीलिए हूँ भारहीन।
भावों का आल्हाद ज़रूर है;
जो ले जा रहा है मुझे,
ऊपर और ऊपर
आकाश की ऊचाँईयों में।
ये निनाद था मेरे शिशु का-
माँ तुम हो मीठी-मीठी;
एकदम बरफी के जैसी,
जैसे होती बरफी प्यारी
वैसे ही हो तुम भी प्यारी।
ऐसा एहसास, ऐसी उपमा,
मेरे बच्चे। इतनी गहराई,
तुमने ये कहाँ से पाई?
उतरो तुम और गहराई में।
ताकि उड़ूँ मैं अनंत ऊचाँई में।

नासमझी

हमारी सारी सोच, सारे विचार;
अन्वेषण, शोध, खोज हज़ार,
बदल ना सके प्रकृति को,
हत हुआ अहंकार।
और फिर, देखा परिणाम।
रौंद डाला नौनिहालों को;
मासूम उन सवालों को।
निर्माण की उस प्रक्रिया में
जो कुछ भी;
कुछ नहीं बन सका,
उस सोच-विचार,ज्ञान-बोध का मलबा
भर दिया बच्चों के बस्तों में,
दिलों में, दिमाग़ों में।
वे उन्हें ढोते-ढोते,
होते गए बौने हर बात में।
और अंततः...
धँस गए दलदल में,
जो पैदा हुआ हमारी खीज से।

अंगड़ाई

कोई दो हाथ
पीछे से;
बड़े हौले से
अचानक,
मेरी आँखों पर छा जाए
और कहे –
पहचानो मैं कौन?
मैं जानते हुए भी,
थोड़ा पहचानते हुए भी –
अनजान बन
नाटक करूँ बड़ी देर तक
बुझूँ खेलूँ उन हाथों से
और कहीं देर बाद –
उन हाथों को पकड़
ले आऊँ पीछे से आगे,
धीमे से खींचकर
और कहूँ
मैं जान गई।
हाँ ये तुम ही हो
मेरे प्रिय अभिज्ञ अज्ञात –'अचेतन मन'।
रहो मन के आगे या पीछे
करो कितने भी खेले
छोटे-बड़े अबूझ अलबेले
हो कितने भी जो पृथक
प्रत्यक्ष से सर्वथा अलग
किंतु होना तुम्हीं में है सार्थक
तुमसे मेरी अस्मिता,

तुममें मेरा सत्व।
स्पर्श यह मृदु तुम्हारा;
चेतन कर गया
मन प्राण हमारा।
ओ मेरे प्रिय अभिज्ञ, अज्ञात
अचेतन मन।
देखो ना अब मेरा भिज्ञ, ज्ञात
चेतन मन।

मेरी बात

छोड़ो मुझे, जीने दो!
ख़ुशियों का रस पीने दो!
अपनी ज़मीन पर लोटना;
अपनी छतों पे लटकना;
अपनी दीवार को रंगना;
अपनी हदों में उछलना;
अपने आकाश में उड़ना;
यही मेरा जीवन,
मेरी मौज, मेरी मस्ती!
मेरा आनंद!
पतंग की इन डोरियों को,
दूर तक जाने दो!
काटो मत...
छोड़ो मुझे, जीने दो!
हर हाल में मस्त रहने दो!
मुँडेरों से कूदना;
पोखरों में डूबना;
यहाँ-वहाँ छुपना;
कुलाँचे भरना;
घरौंदे बनाना;
हर बात में करो ना, ना-ना!
इनसे नहीं मेरा नाता,
नहीं मेरा वास्ता,
लट्टुओं की इन धुरियों को,
देर तक घूमने दो!
रोको मत...
छोड़ो मुझे जीने दो!
ख़ुश हूँ, ख़ुश रहने दो!

आभास

हाँ ये ही हूँ मैं; बस यूँ ही हूँ मैं
जब भी अपने आप में होती हूँ
जाने कितने मेरे आसपास होते हैं
सबके बीच में होने पर ही क्यूँ
मैं सबसे इतनी दूर हो जाती हूँ।
अपने आप से सबको जोड़ने की
सबसे अपने आप को तन्हा करने की
पुरज़ोर कशमकश ही अब ज़िंदगी लगती है।

बंद मुट्ठी में धूप की तरहा
रिश्तों को बाँधने की कोशिश है
खुलते ही खाली हथेली रह जाएगी
पर फिर भी धूप की ये उजास चिलक
आँखों में नम-सी चमक भर जाती है।
युग बीते; दुनिया बदली;दुनियादारी बदली
पर अब भी मन वही; मानस वही है
इनमें तालमेल करना ही अब ज़िंदगी लगती है।

सागरों से बड़े हिमालय बन जाते हैं
पर्वत घिस के मैदान में बदल जाते हैं
पानी की एक बूँद मोती-सी खिल जाती है
क्षितिज पे जमीं-आसमाँ हमबदन हो जाते हैं
दूर बहुत दूर से ही देववाणी कौंधती है।
तो क्यों ना मैं अब किसी पर यक़ीं कर लूँ
इन बेगानों में कोई तो मेरा अपना होगा
इस उम्मीद में जीना ही अब ज़िंदगी लगती है।

ख़्वाहिश

तमाम रातें गुज़र जाती यूँ ही नींद में
हठात उस रात ग़र आँख ना खुली होती
महसूस हुआ कुछ हुआ
पर हुआ कुछ भी नहीं
हुआ ना हुआ; क्या हुआ...
सोचती ये, मैं जा खड़ी हुई खिड़की में
देखा; खिड़की पे चाँद टँगा था
अपलक निहारती रह गई उसे
वो मुझे टकटकी लगाए देखता रहा
जाने कितना वक़्त इसी तरह गुज़र गया
पर लगा; वक़्त यहीं ठहर-सा गया
बस; मैं और चाँद, चाँद और मैं
सारी रात अकेले यूँ ही खिड़की से लगे रहे
चुप-सी लगा; जाने कितनी बातें करते रहे
चाँदनी को ओढ़ मदहोशी में डूबते-उतराते रहे
पल-पल रुपहले रंग में सराबोर होते रहे
सहसा भोर की ललिमा और गरमाहट से
उस गहरी खुमारी से टूटे;
खाली मैं इधर ठिठकी-सी खड़ी थी
उधर चाँद ख़ामोशी से परे चला जा रहा था
दिन भर की आपाधापी से घिरी हुई भी मैं
रात की रुमानियत से उबर नहीं पाई
बस इंतज़ार करती रही कब
शब-ए-बरात आए
खिड़की के इस पार खड़ी रहूँ मैं और
खिड़की के उस पार चाँद नज़र आए।

खानगी

ख़ामोशी का कोलाहल
चारों तरफ़ पसरा है
कैसी ये हलचल
पता नहीं चला है।

यथार्थ है कि जैसे
बहती नदी की धारा
अतीत यूँ प्रवाहित
नाव की तरह है।

रहस्यमयी कहानी
बनी ये ज़िंदगी है
सुबह की अर्गनी पर
शाम ज्यूँ टँगी है।

घूँट-घूँट मौसम
पीते कभी रहे थे
बवंडर के जैसे
अब ठनक रहा है।

समय बना कंदरा है
अँधेरा ही अँधेरा है
रोशनी का एक क़तरा
कुछ डरा डरा है।

मानस की झील पर
खेलता था हंस जो
दूर उड़ चला है
अनजान-सी दिशा है।

खालिस ख़याल

सज़ा ये मिल ही जाए मुझे
कठोर इतनी कठोर कि
तुम्हें भूल जाऊँ मैं
लापता हो जाऊँ मैं
यादों की गहरी झील से।
उतुंग शिखर-सा रूप तुम्हारा
पाकर तुम्हें; हमेशा ही
अपना धुआँरा अहसास
शिद्दत से गहराया है।
विस्मृत किया है ख़ुद को
रहो तुम नज़दीक हर पल
तपन ये महसूस करने को
शीतल बदली-सी छा जाऊँ।
यादों में अपनी स्वयं की
ज़िंदा रहूँ; जीवन जी पाऊँ।
अच्छा लगता है
शांत झील की मंद
उर्मिल लहरों को गिनते रहना
तट को छूकर जाते निरखते रहना
लेकिन लगता और भी सुंदर
पर्वतों की ऊँची चोटियों
सर्पिल घाटियों को
पार करना
ऊपर चढ़ना; चढ़ते रहना।

उड़ान

आ चल
कोई और चुन लें राह।
बढ़ते रहे ज्यूँ गगन में -
सूर्य, चंद्र और तारे सारे
धरा पे नदियाँ,लता,पेड़ प्यारे
मन की उड़ान जैसे न्यारे।
मेहनत की थकान से उजियारे।
आ चल
कोई और चुन लें राह।
सूर्य-चंद्र ग्रसित हो जाते
तारे टूट-टूट हैं नीचे आते
नदियाँ भी राह बदलती हैं,
लता नीचे भी बढ़ती है।
हम भी नहीं इनसे अछूते
पा लें रास्ते अपने बूते।
आ चल
कोई और चुन लें राह।
ग़र हो जाए ख़त्म आगे।
बढ़ा लिए कदम एक बार,
उठता फिर पीछे भी है।
शुरूआत फिर एक बार सही
थमने से कहीं बेहतर है।
आ चल
कोई और चुन लें राह।
याद नहीं वो फुरसत में,
चहलकदमी उस घेरे की।
आरंभ नहीं, कोई अंत नहीं,

चलना, बस चलते जाना
शेष सभी कुछ कमतर है।

आ चल
कोई और चुन लें राह।

नियति

चलते हैं रात भर रफ़्ता-रफ़्ता
चाँद और हम पाँव-पाँव
अपनी धुरी पे ही घूमते हुए
चक्कर लगाते हैं ब्रह्मांड का
भौरी-भँवर-भ्रमर की तरह।
अंतर है इतना
तय है वक़्त इसका
दिशा और गति इसकी
और हमारी-
हम तय करेंगे।
अभी तो चलते रहे रफ़्ता-रफ़्ता।
माना कि रखता है एक अलग हस्ती
पर तयशुदा है हरेक सरपरस्ती
अंशुमाली का अंकुश अजेय
तोड़ने, भटकने नहीं देता पथ कभी।
चलना है उसी के इशारे पे
अँगुली पकड़ के;
छोड़ी गई उसकी पदचापों पे
कदम जमा जमा के।
जब जहाँ मन हुआ दी मरीचि
मन भन्नाया तो ग्रहण से गसा।
हम भी ठीक इसी तरह
मन के केंद्र पर भँवराते हुए
ऊपर-नीचे आजू-बाजू चकराते हुए
समाज के उसूलों से बँधे-बिंधे
परिक्रमण करते हैं इसी सूर्य का
पाते हैं रोशनी उधार;

उधार की रोशनी पा इतराते हैं
स्वयं का नहीं कोई तेज।
चाँद का पिछला भाग जो कभी
सामने नहीं आता
उजाला नहीं पाता।
हम भी तो कभी पूरे दीप्त नहीं होते
आगे का पिछवाड़ा
हमेशा डूबा रहता
घनघोर तम में
कोई नहीं जान पाता।
अलबत्ता अड़ियल निखट्टू बुढ़िया
खट्-खट् लगातार चरखा चलाती
अपना पास टाइम करती
हमारी छाती पे मूँग दलती
कहकहा लगा के है हँसती।
चाँद ज्यों खींचता है धरा के जल को
हर दिन दोहराता है नियम को
आदि काल से... पर-
ज्वार भाटे के
वो बावन मिनट नहीं भर पाया
अब भी।
लाख कोशिशों के बाद
खाली रहा शून्य हमेशा की तरह।
हावी है। हावी है हरदम हैवान यह।
अकेला बनने नहीं देता भगवान यह।
अगरचे खींचते भी हैं हम
समाज की धाराओं को
हमारे आकर्षण से ज़्यादा
अपकेंद्रीय बल हो जाता है गाढ़ा।
अंततः बावन मिनट बन जाते हैं

घंटे; माह, साल, युग।
चंदा और हम चलते रहते हैं
पर लगता है जैसे रेंगते-रेंगते।
ज्वार को उठने नहीं देता भाटा।
हमको बढ़ने नहीं देता ये चाँटा।

प्रतिदिन नव दिन

कान लगाकर सुनो सन्नाटा भी कुछ कहता है।
सूनी सँवलाई चाँदनी में भी कुछ कौंधता है।
बरगद की घनघोर छतनारी छाया पर
दूर-दूर बिखरे मटमैले छप्पर के ऊपर
खंडहरों के उदास पैतानों के आर-पार
धुआँ-धुआँ कसकता कुहासा भी कराहता है।
सिमटी-सिमटी हवा भी हौले से कसमसाती है।
कबीट के कोटर में तने बैठे घूरते घुग्घु
खंभे के तारों पे औंधे झूलते चमगादड़
सियारों की हम्मीर हाहाकार हूह्महूहू
तारे भी सहमकर रह रह कर कँपकँपाते हैं।
आसमाँ अनिष्ट की सोच कलास हो जाता है।
नज़रें बचाकर छुपती-छुपाती आती गोरी
निर्भीक तेज़-तेज़ चाल बढ़ता वो ढोली
खलिहानों की बालियों में हुमक हिल्लोली
भूतों की चौपाल अभी तलक सजती है।
रह-रह के गाँव में ये ख़बर पकती है।

कोना

ज़ारी है एक तलाश
जो ज़ारी रख सके सिलसिला
तलाशने का
एक कोना
जो रखता है वजूद
अपना-अपना, हर एक के लिए।
कोना
जो थाम लेता है
खोज की चाहत को
देता है रंग, रंग-बिरंग
स्याह को हावी रखकर।

निराश जो चला जाए
हताशा में हत होकर,
कोने में छुप
कुछ कुढ़ने कुछ उदास होने को।

आशान्वित झूम जाए
आस से उल्लासित हो
कोने में रत
कुछ गढ़ने कुछ दुआ करने को।

उदास दिल ढूँढ़ने जाए
डूबे मन, कदम डगमगाए
कोने में धँस
कुछ मरने, कुछ नीर बहाने को।

प्रेमी हमेशा से प्रेमी
प्रेम के सागर में तर
कोने में गुम
कुछ दिल, कुछ दुनिया के ज़ख़्म दिखाने को।

हवस के मारे सब सारे
लुक-छिपकर
कोने में घुस
कुछ मन, कुछ तन की प्यास बुझाने को।

अनवरत

खाने से ख़त्म नहीं होती है भूख,
नहीं तो फिर लगती ही क्यूँ?
भागने से दूर नहीं होती हैं मुश्किलें,
नहीं तो पीछे पड़तीं ही क्यूँ?
बताने से सहज नहीं होती हैं उलझनें,
नहीं तो इतने बट्टे पड़ते ही क्यूँ?
खुल के कहने से नहीं बनती है बात,
नहीं तो ये गाँठें पड़तीं ही क्यूँ?
चाहने से सब होता नहीं मनचाहा,
कोई है ख़ुश, ये ख़बर बनती ही क्यूँ?
मेहनत से होता हासिल नहीं सब कुछ,
तक़दीर के ये झटके लगते ही क्यूँ?
तानने से लंबी नहीं होती है उम्र,
नहीं तो टूट के चूर होती ही क्यूँ?
माँगने से बसर नहीं होती ज़िंदगी,
नहीं तो दर-बदर होती ही क्यूँ?

कोई सीमा नहीं

तुम्हें याद रखने के लिए
कोई ज़रूरी नहीं कि; तुम-
करो कोई शानदार जलसा।
उसमें चाव से बनाया सुस्वादु भोज हो,
न फूलों का कोई रंगीन गुलदस्ता;
न ख़ुशबुओं वाली मोमबत्तियाँ हों,
न करीने से पैक किया कोई बेशक़ीमती तोहफ़ा।
तुम्हें याद रखने के लिए -
जो तुम करो मेरे लिए, मेरे दोस्त
अगर मैं कहूँ; मेरा ये जीवन एक उत्सव है-
और तुम हो उसका आनंद।
(अगरचे तुम महसूस कर सको)
खट्टी-मीठी यादों का ढेर-सा है भोजन,
जिसका मैं लेती रहूँगी स्वाद कई दिनों तक।
भावनाओं का भाव भरा गुलदस्ता होगा,
मुरझाएँगे ना फूल जिसके कई दिनों तक।
तुम्हारे विचारों की जलती हुई मोमबत्तियाँ,
देती रहेंगी आँच कई दिनों तक।
सलीके से आबध्द किया हुआ,
जीवंत; तुम जैसे दोस्त का आना
मेरे जीवन में....
ईश्वर का दिया ये अनमोल उपहार,
नष्ट ना होगा कई दिनों तक।

तुम्हें याद रखने के लिए;
ऐहिक ये उत्सव चलता रहेगा,
अंतस में मेरे कई दिनों तक।
मौज उस आनंद की मुझ से लेकर तुम तक;
बहती रहेगी यूँ ही कई–कई दिनों तक।

निधि

मेरे कुबेर के अनमोल ख़जाने में
एक और 'निधि' जुड़ी आज।
अपने भंडार को बेतरहा खँगालने में
बच्चे की तरह; जुटी मैं आज।
चंचल सतरंगी पतंग-सी; कोमलता में
इस निधि का नाम भी पाया 'निधि' आज।
उड़ना चाहती है वो खुले आसमान में
ऊपर और ऊपर; हर दिन, कल हो या आज।
माँजा, घिर्री, दाँव-पेंच और ढील में
समाती नहीं; पहुँचना चाहती है चाँद के पार आज।
मासूम-सी निधि, अपनी मासूमियत में
मानती नहीं; कट ही जाती है पतंग, कल नहीं तो आज।
उलझ जाती है डोर; पेड़ों में, तारों में
फड़फड़ाती रहती है कटी पतंग, फिर बिना साज।
दौलत है ये निधि; दिल-दिमाग़ के संदूक में
बेशक़ीमती है ये पतंग, हाथ आई है; जो मेरे आज।

एक घरु हक़ीक़त

घर बनाने का सपना
ऐसा घर कर गया
घर भर के मन में
कि ना बन पाने पर
घर-घर ही खेलने लगे।

किराए के घर में
रहने वाले लोग,
बजट के आघात से
जो पड़ा दिल में,
रेत के घरौंदे बनाने लगे।

बजट

एक घर हो अपना; ये प्यारा-सा सपना
बसंत की मादकता से झूमने की जगह,
पूस की रात की शीत से ठिठुरने लगा,
जेठ की तपती दोपहर की आँच से झुलसने लगा,
भादों की भारी मूसलाधार बौछारों से गलने लगा,
मावठा भी भरता नहीं अब भरपूर हुलास,
बावले से भटक रहे मौसम बड़े बेअंदाज़,
एक बजट का मौसम बदस्तूर आता है,
मानसून प्रस्फोट की जगह ये विस्फोट आता है।
आँधी- तूफ़ान,बाढ़-सूखा; ओला-हिमपात,
इकट्ठा लाकर सब मौसमों की याद दिला जाता है।
जलवायु की तरह यह जमता जा रहा है,
सभी पर भारी पड़ता जा रहा है,
जीवन में घर करता जा रहा है।
घर बनाने के प्यारे से सपने को,
अपने मिज़ाज़ से धराशायी करता जा रहा है।

देशभक्ति

चलो हम जीने की ये एक वजह बनाएँ।
लौह-पुरुष को जंग लगने से बचाएँ।
टुकड़ा-टुकड़ा जोड़; जो बनाया उसने।
उन्हें टुकड़े-टुकड़े में बँटने से बचाएँ।
रोज़ कितनी मौत मरते होंगें सरदार,
उनकी आत्मा को संत्रास से बचाएँ।

स्वैग

माना हाथी की सवारी है, शानो-शौक़त की झलकारी
पर महावत होता है साथ, और अंकुश उसके हाथ।
मुझे पसंद है घुड़सवारी, है तेज़ रफ़्तार की अदाकारी
मैं होती हूँ अपने साथ, और लगाम सिर्फ़ मेरे हाथ।

चित-पट

ज़माने ने हमसे
हमने ज़माने से
यूँ यारी निभाई
टाँगे तो खींची ख़ूब
खींच-खींच लंबा कर देने में
कोई भी क़सर हर्गिज़ ना उठाई।
हम भी थे इनमें से ही एक
खरहे की तरह दाँव बताने में
दुल्लती एक भरपूर जमाई।
आपसी इस लट्ठम-लट्ठा में
क्रिया की प्रतिक्रिया में
धूल तो उनको ख़ूब चटाई
मुँह की लेकिन ख़ुद भी खाई।

और क्या बाकी

औरतें मोहल्ले की थी माँ-बहनें
आलम है अब माँ-बहन भी ना देखें।

भाई-भाई का दुश्मन है
न बात करे ना मुँह देखे।

पड़ोसी जान के पीछे है
न दुआ करे ना दुःख देखे।

दोस्त ऐसे कि तौबा है
सुख साझे ना हश्र देखे।

ये बच्चे हैं कि पुतले हैं
ना हँसते हैं,ना रोते देखे।

रिश्तेदारों की बस दुहाई है
ख़ुशी में ग़म, ग़म में सुख देखे।

और क्या मिसाल दे संझा
साँझ सवेरे आख़िरी निशानी देखे।

हुक्का बार

माँ बाप जब धुएँ के छल्लों की चेन बनाते हैं,
शराब की बोतलों से जाम पे जाम टकराते हैं,
ओपन हार्टटेड और ब्रॉड माइंडेड बनकर
सोसायटी में ख़ुद को आला दर्जे का फील कराते हैं,
बच्चे दूर खड़े इन नजारों को लील लिए जाते हैं,
बेपरवाह उस काले धुएँ को साँसों में भरते जाते हैं,
जाम के कड़वे घूँटों को बिन पिए ही मदमाते हैं,
धीरे-धीरे आदी हो; हिप्पी संस्कृति में डूब जाते हैं,
फिर भला माँ-बाप किस बूते पर मातम मनाते हैं।

उलटबाँसी-1

ज़माना गुज़र गया उस ज़माने को गुज़रे
लगेंगे ज़रुर कड़वे पर बोल हैं ये सच्चे
बुजुर्ग थे समझदार औ बच्चे होते थे बच्चे
ये नए ज़माने का अजब दौरम -दौर है
बच्चे गजब के सयाने औ बूढ़े रह गए कच्चे।

उलटबाँसी-2

बैठी हूँ कब से कर रही इंतज़ार,
रखा है लिखकर एक पत्र भी तैयार,
न दिलाई कोठी तो सुन लो मेरे यार,
आऊँगी बिना सीढ़ी नीचे तेज़ रफ़्तार,
पहुँचाऊँगी तुमको सीधे जेल कोठार।

मात

बेतहाशा दौड़ी थी क्या करूँ लेकिन
मंज़िल के नज़दीक जा हारी मैं।
पीछे से कितने ही कछुए आकर
ख़रामा-ख़रामा निकल गए आगे।
अति विश्वास का भरा ख़ामियाजा
या क़िस्मत के हाथों गई मारी मैं।
साँप-सा सूंघ गया है अब; और
उल्लू की तरह आँखें फाड़े देखूँ मैं।
बंदरों के गले में पड़ी मोतियों की माला
खो चुकी मस्ती सारी की सारी मैं।

कदम-कदम पर

विक्षुब्ध ज़िंदगी की अपनी
सरकारी कच्ची पाठशाला में
अति मंद मति एक बच्ची हूँ।
सुरसा मुख के सवाल गुफा से
हनुमंत उत्तर-सी बन लौट आती हूँ।
बैठ पीछे की टूटी बेंच पर-
हर पाठ से अटकी भटकी रहती हूँ।
रख किताब की थाली सामने
थूथन-सा मुँह डाले बैठी रह जाती हूँ।
अगड़म बगड़म बड़े औ बित्ते
कई लेक्चर गप्प से गड़प जाती हूँ।
भोंदू सी सूरत लेकर उफ्फ
आँखें फाड़े उल्लू सी नज़र आती हूँ।
मुर्गा बन साले टेबल पर
खाकर डंडे; लेकर अंडे
उलट चूजा हो जाती हूँ।
देखा है अक्सर सपने में
घूमती; शाला के पिछवाड़े
लतियाई वो आवारा कुतिया
कूँ-कूँ कर गिरयाती है,
टेढ़ी-मेढ़ी लस्तम-पस्तम
ढेर वहीं हो जाती है।
भाग दौड़ कर दुम हिलाए
कुतरे सारे जुट आते।
भौं-भौं के वीभत्स विहास से
छीना-छपटी झिंझोड़बाजी
टूट के सब भकोस जाते।

पर देखो क्या रंगदारी है
ज़िगर की ख़ूब दिलदारी है
छः सात पिलपिले से पिल्ले
पिल पड़ते फिर जी जाने को
ऐंच-पेंच में; खेंच-खेंच में
उलझन एक सुलझ ना पाती
तमाशे और खड़े हो जाते।

वामावर्त

वैशाख की रात में वो पूछते हैं
चैत्र की दोपहर में क्या मिला?
गर्मी की तपिश बढ़ने का एहसास
ग्रीष्म के मध्य काल में कैसे हो?
जानना है तो पूछो उस वार्तालाप से
जिसकी कोई भाषा नहीं थी
उस सानिध्य से;
जिसमें कोई दूरी नहीं थी।
कोयल की लरजती कुहुक
पपीहे की प्राणर्तांक पीहू पीहू
क्या कुछ नहीं कह जाती?
नीरव से मन में; रस घोल नहीं जाती?
आसमाँ से पानी मिले
पानी से नदी सागर
पृथ्वी से मिट्टी मिली
उससे खेत खलिहान
हवा से गति को पाया
आग ने विकास कराया
घनघोर घन में बिजली की चमकार
आँधी-सी मन में कसक छोड़ नहीं जाती?
जीवन में-
रे मन!
कभी कुछ खाली नहीं गया।
पर हाय
मुझे याद है-
तुम्हारा ये कहना मुझे तिक्त कर गया।

पुनःश्च

गड़िया लोहारों की तरह कुएँ की रस्सी ना रखें
ताकि ज़हर भरे कुएँ का पानी ना पी सकें।
बंजारों की तरह ठाँव-ठाँव चलते रहें
ताकि रस्सी-सी दुनिया के बटों को खोजते रहें।
नट की तरह नटनी पैंतरे जन्म से करते रहें
ताकि रस्सी से जगत पे संतुलित हो सकें।
जीवन का आदि मध्य अंत यहीं।
सीखकर इनसे सत को
आधुनिक परिप्रेक्ष्य में ढालते रहे हैं।
बूँदी के लड्डू की तरह
डिश में सजते चले गए हैं।
बनाकर ख़ुद; फटी-फटी आँखों से
देखते हैं और हैरत करते हैं।
ये खानाबदोश....
कि ज़िंदगी इतनी हसीन, इतनी मीठी
और यूँ गोल अंतहीन कैसे हो गई?
पगले ये नहीं जानते...
एक साथ पूरा खा नहीं सकते फँस जाएगा
कौल लेंगें टूट कर चूरचूर हो जाएगा
फिर लड्डू भला कहाँ रह पाएगा।
लड्डू ज़्यादा दिन रह भी नहीं सकता
जल्दी ही चीटियाँ आकर चट कर जाएँगी
नहीं तो सड़कर ज़हर बन जाएगा।
खा खाकर ख़त्म करना चाहेंगे तो
घेरेंगी हज़ारों बीमारियाँ
तब खाने से अजीरण होगा
लाचार होकर तब फैलाएँगे हाथ

तुम्हारे पास
तुम्हारे टिक्कड़ और चटनी पाने को
और कहेंगे इससे ही प्रोटीन मिलता है
संतुलित कैलोरीज़ होती है
तबीयत तंदरुस्त; फ़िगर फ़िट रहता है।

बातें हालाँकि तुम्हारी समझ में नहीं आएँगी
बहरहाल–
अंततः 'अंतहीन' फिर से 'लकीर' बन जाएगी।
तब तुम्हारी फटी आँखें सिकुड़ जाएँगी
गागर में सागर भरती
वह मुस्कान सही औक़ात सामने लाएगी–
'सुबह का भूला शाम को लौट आए' या
'लौट के बुद्‌ध घर को आए' जैसी
कितनी कहावतों को सिद्‌ध कर जाएँगी।

मुट्ठीभर मरीचिका

ज़िंदगी की शुरुआत सुबह से होती है
सबके अरमान रात की सियाही में ढलते हैं।
सपनों में ही ज़िंदगी की हक़ीकत छुपी होती है।
सपने ना हों...
ज़िंदगी के हक़ीकत में बदलने की गुंजाइश नहीं होती।
होंगे; साकार सभी, एक दिन सपने हमारे
जाएगी रात, सहर का सेहरा बाँधे आएगा सूरज
उजियारी धूप जब अरमानों का घूँघट खोलेगी
सुहाने सपनों की लरज तब डूब जाएगी।
हक़ीकत आएगी....
यथार्थ यौवन के रुप में खिलकर सामने
फिर नई सुबह की नई शुरुआत होगी
शाम को मन फिर रतनारा होगा
रात स्याह और सहर रुपहली होगी
हर बार शुरुआत इसी तरह होगी।

निर्झर झरना

कोमल कल्पनाएँ कोंपल मन की
तट किनारे बालू के घरोंदों-सी
लहरें जब-तब बहा ले जातीं
भीगी नम रेत शेष रह जाती।
मन, तब भी मन है।
उड़े बिना कहाँ चैन है
पयोधि पाद भी बेचैन है।
उत्कंठित इस होड़ में
उदधि उर्मि के घोल में
ईप्सा थक के ग़म खाती
कोलाहल से दूर
हट के; निढाल सो जाती।
ऐसी गहरी नींद
कोई ना जगा पाता
तट से छूटी;
दूर हटी; सूखी रेत पर
फिर ना कोई घरौंदा बन पाता
सृजन विध्वंस का चिर चक्र पूर्ण
चाँद को लील जाए ग्रहण संपूर्ण।

मोह-अमोह

बंद हो रुदन
प्यार है आँसुओं से इतना
हो जाओगे खाली
ख़ाली बोतल; तुम भी ख़ाली
रह क्या जाएगा ओ आली।
एक प्यार की गागर ही ऐसी
भरती जाती देने से
शेष सभी प्याले हैं ऐसे
चुकते जाते पीने से।
हास निःश्वास का पीना-पिलाना
चुन लो एक खुला ख़ज़ाना।
साकी बन ग़म ग़लत करोगे
या हाला बन; ग़म पिओगे?
उन्मुक्त हँस-हँस भी देखो
नयन से नीर छलक आते हैं
ज़ार-ज़ार रो चुको तो देखो
आँसू मुरझा ही जाते हैं।

काल गति

काल चक्र तेज़ी से परिवर्तित हो तो
वर्तमान को इतिहास बनते देर नहीं लगती
इसलिए रोको। क्षण को रोक लो।
अभी आगत के स्वप्न झिलमिलाए भी नहीं
मौजूदा के श्वेत फलक पर–
विगत की सियाही–
ना! मत फैलने दो।
सब ये जानते है समय बाँध नहीं सकते
पर आओ हम कुछ ऐसा करें
कि दिन की समयावधि को
विषुव रेखा से
ध्रुवों की ओर मोड़ दें।

हसरत

एक कप कॉफ़ी हो और साथ में थोड़ा वक़्त भी।
चाहिए और कुछ नहीं, ख़त्म यहीं मेरी ख़ब्त भी।

किताबें बहुत आ गईं, अब चाहिए हसीं वक़्त भी।
मर्ज़ी है बहुत, और दूजी नहीं कोई मेरी लत भी।

चुटकुलों से जी बहलाऊँ, पड़ा नहीं ऐसा वक़्त भी।
मन-ही-मन मुसकुराऊँ, रहूँ अपने में ख़ूब मस्त भी।

समय नहीं कटे, आया नहीं कभी ऐसा वक़्त भी।
फ़ुरसत ही नहीं सोचने की, होती हूँ अति व्यस्त भी।

अफ़सोस है हरदम ये, काश आता ऐसा वक़्त भी।
कुछ तो होता उनके पास, तो कर लेती जज़्ब भी।

कर लिया बर्दाश्त बहुत, अब बदला आख़िर वक़्त भी।
जुबाँ में घोली शींरी, दिलो-दिमाग़ से हूँ सख़्त भी।

चले जाओ सामने से, ठीक नहीं है अभी वक़्त भी।
बिन हथियार ही मारूँगी, हूँ मैं ऐसी ज़बरजस्त भी।

अलहदा

दूरियाँ हो हजारों मीलों की, दिल उन्हें मानते नहीं..
बस्तियाँ आबाद ही रहती है, बस, साथ रहते नहीं।

रहती थी कोई फिक्र नही, गम भी थे कोई नहीं..
कितना हसीं दौर था वो, क्यों लौट कर आता नही।

बहुत कुछ था हाथ मगर, एक तुम्हारा हाथ नही..
झोली थी भारी, बोझ उठाने को; तुम थे साथ नहीं।

सफर होता सुहाना, मगर रास्ते ही थे सही नहीं..
तकलीफें सही बहुत, थकन है कि उतरती नहीं।

भीड़ में खोजा था तुम्हें, पकड़ पाये फिर भी नहीं..
इस तरह ओझल हुए, दिख पाये फिर कभी नहीं।

हैरत है; किसी बात पर, हैरत भी अब होती नहीं..
बारिश का मौसम है, पर बादलों में भी नमी नहीं।

मान लिया हो जैसे, कि ये किस्मत मेरी थी नहीं..
मिला नहीं कर्ण, क्योंकि मैं ही थी दुर्योधन नहीं।

जैसा सोच रहे थे तुम, वैसी मैं कभी थी ही नहीं..
इसीलिए तो बात जैसी, बात कभी बनी ही नहीं।

अदा

मत दो ख़ैरात यूँ अपनी हँसी को; लकीर की तरह।
मुँह तुम्हारा थक के चूर-चूर ना हो जाएगा।

दिमाग़ चढ़ा रहता है सदा, सातवें आसमान की तरह।
दिन आएगा; सारा रुआब नौ दो ग्यारह हो जाएगा।

कड़का रहता है बदन कलफ़दार कपड़े की तरह।
थोड़ा-सा झटक डालेंगें तो तार-तार हो जाएगा।

दिए रहते हो गरदन में जो ख़म; ख़ास अदा की तरह।
अकड़ा जो गई, ऊपर नीचे का फ़र्क दुश्वार हो जाएगा।

दिल में दाख़िल है कालिख; कोयले की खान की तरह।
ज़माना है ब्लैक बोर्ड; सब लिखा अन पढ़ा रह जाएगा।

बाज़ आते नहीं

है दिलेर दबंग लोग, क्या कुछ नहीं किए चले जाते हैं,
एक आप हैं कि फ़िजूल बातों पर बवाल किए जाते हैं।

लोग मसलसल शिकवे-शिकायत किए चले जाते हैं,
एक हम हैं दिल मसोस कर बस मलाल किए जाते हैं।

लोग बात-बेबात बस तंजो-तक़रीर ही किए जाते हैं,
बिना हथियार उफ़फ़ देखो कैसे हलाल किए जाते हैं।

कमतरियों का इश्तेहार दीवार पर चस्पा किए जाते हैं,
हद है किस बेशरमी से आप कमाल किए जाते हैं।

ख़ुदमुख़्तार होने का ख़ुद ढिंढोरा पीटे चले जाते हैं,
पर किस बिला; हम ख़ुद से ये सवाल किए जाते हैं।

ख़ूबियों को किस ख़ूबी से लोग ख़त्म किए जाते हैं,
सौ दफ़ा एक झूठ को बोलकर सच में तब्दील किए जाते हैं।

हाँ ऐसा ही

सौ बात की एक; पते की ये बात है।
कि हर बात पर लोगों को एतराज़ है।

बताओ क्या दर्द तुम्हें हम साझा करते हैं।
ख़ुशियों को दावेदारों के हवाले करते हैं।

मेरी ख़्वाहिशें मुकम्मल तुम्हारे दम से हैं।
सबको इसका ज़िक्र भी पूरे दमखम से है।

छोड़ दिया जिन्होंने; बढ़ जाते वे लोग हैं।
छूट गये पीछे; थम जाते वहीं, वे लोग हैं।

रोशनी कहीं से आये; भरपूर रोशन है।
एक दिया भी यूँ तो पूरा मुकम्मल है।

हूँ इस पार मैं, बाकी जहाँ उस ओर है,
धुँधला-सा नज़ारा, उठता सा शोर है।

लोग-बाग

सजाते है रोज़ महफ़िलें, मुस्कुराहट के नाम पर जो लोग।
मुद्दतें गुज़र गई है, जरा भी मुस्कुराए नहीं है ये ही लोग।

बदल नहीं सके सालों में, ऐसे झक्की भी होते हैं लोग।
अगला ख़ब्ती हो जाए, मजाल है जो चूँ कर लें ये लोग।

हम- हम का पहाड़ा पढ़ते, हैं ऐसे भी अड़ियल लोग।
लाख लॉज़िक बताओ, झींकना छोड़ते नहीं सड़ियल लोग।

चौपाल लगा के दूसरों की बघिया उधेड़ते थे जो लोग।
बंद कमरों में अपने कपड़ों पर, तुरपनें करते रहते है लोग।

टोकते रहते थे हरदम धड़ल्ले से, बात-बेबात पर जो लोग।
ठुकते रहते हैं अब हरेक बात पर, दनादन वे ही लोग।

हालात

तमाशे पैदा करना कतई मेरा मक़सद नहीं,
चुनाँचे मुँह सिल के तमाशे देख लिया करती हूँ।

मुद्दे खड़े ना हो जाएँ यूँ ही बिला वजह,
मुसलसल चुप-सी लगा बैठ जाया करती हूँ।

होते हैं नाटक हर रोज़ नए-नए पर,
हर बार अदाकारी बेहतरीन कर लिया करती हूँ।

ज़िंदगी बड़ी बेमज़ा; लाइलाज बीमारी की तरह
ख़ून के घूँट दवा की तरह पी जाया करती हूँ।

बेज़ारी इस क़दर खौल खा रही या ख़ुदा,
तल्ख़ी फिर भी शराफ़त से थूक आया करती हूँ।

तार-तार हो रहे हैं इस क़दर हालात, लेकिन
उन पर रफ़ूगिरी बड़ी शफ़ा से कर लिया करती हूँ।

दर-ओ-दीवार हो चुके बड़े ही ख़स्ताहाल,
लीप-पोत कर उनके ऐब ढाँप लिया करती हूँ।

नहीं है शक्कर मुझे; पर फिर भी मेरी जान
करेले का जूस गट से गटक जाया करती हूँ।

आता है रश्क उसकी क़िस्मत पर इस क़दर
गटर में नाम से उसके चीज़ें फेंक आया करती हूँ।

आ के बजाए कोई इससे पहले ही बजने लगती हूँ,
गोया अपनी भड़ास, भड़ाम से मार दिया करती हूँ।

उलझनों में उलझी मैं, उससे ही ना उलझ पड़ूँ,
उसे देखते ही दबे पाँव लौट जाया करती हूँ।

अच्छा बनने के फेर में इतना गिलगिला गया है वो,
अब अच्छाई लफ़्ज़ से; मैं शदीद नफ़रत किया करती हूँ।

सिर धुनने के सिवाय कोई चारा भी तो नहीं,
फट ना जाए सिर; दीवार से बचकर निकल जाया करती हूँ।

बहुत अलग थी हाय ख़्वाबों में दुनिया मेरी
हैरत है हक़ीक़त में इस क़दर जी लिया करती हूँ।

बात ऐसी है

आपकी मर्ज़ी औ मिजाज़ की हरग़िज मैं मोहताज नहीं।
अपने मन के मलिका हूँ मैं, ऐसी भी बेताज नहीं।

दुखती रगों पर हाथ रखना, है ये मेरा शग़ल नहीं।
आप आख़िर आप हैं, आप पर तो मेरा बस नहीं।

लोगों की बेवक़ूफ़ियाँ,ग़र कतई करें हम बर्दाश्त नहीं।
लाज़िमी है, समझदारियों को फिर वो करें जज़्ब नहीं।

आता है बेहिस ग़ुस्सा कई बातों पर; यूँ ही नहीं।
पर क्या करें; दिल की बात ज़ुबाँ पर अक्सर आती नहीं।

बेसबब हर बात पर ऐसे ही हँसी चली आती नहीं।
चूँकि आईना है असली, नक्स नक़ली उभरती नहीं।

ज़िद्दी हैं आप बहुत, पर कम झक्की हम भी नहीं।
गरचे बदमाशियाँ है काफ़ी; पर शराफ़त कम होती नहीं।

ख़ुदग़र्ज़ी है इतनी तौबा, गरचे कमज़र्फ़ हम भी नही।
मसले है बेइंतहा, और दुश्वारिया कम होती नही।

मसरूफ़ हैं आप बहुत; औ फ़ारिग़ हम भी नहीं।
बातें हैं कई लेकिन, बात ही होती नहीं।

जीती हूँ अपनी शर्तों पर, गिला-शिकवा कोई नहीं।
भाड़ में जाए ये दुनिया, मुझे किसी की परवाह नहीं।

वजह सिर्फ़ तुम

आने वाले थे न तुम, तुम्हारा आना क्या हुआ?
कोने वाली उस मेज़ पर इंतज़ार बड़ी देर हुआ।

कॉफ़ी के दोनों कप, पीती रही मैं ही अकेली
कोई कप फिर भी आख़िर तक ख़ाली न हुआ।

लब तलक पहुँचा नही, बस नाक के हवाले हुआ
धुआँ-धुआँ थी वो, कोल्ड कॉफ़ी ही नाम न हुआ।

गर्म प्याले हथेलियों में बंद, देते रहे वैसे तो ताप
सर्द शामों में जो तुम देते थे आँच, वैसा न हुआ।

कितने कप होते थे रीते, साथ हमारे जीते-जीते
था क्या नशा उन कॉफ़ियों में, किसी को इल्म न हुआ।

बंद होने का वक़्त हो गया, कहकर उठाया गया मुझे
वैसे तो जाने वाली थी ना मैं ,पर मेरा जाना कुछ यूँ हुआ।

न आए तुम, या आ न सके, कौन जाने क्या हुआ
कॉफ़ी पे बने दिलों की तरहा एक दिल और जड़ हुआ।

भरे मन, भारी क़दम, जाते-जाते पलटी पनीली आँखें
देखा, मेज़ पर धरे सामान का आँकड़ा दो से तीन हुआ।।

वक़्त

वक़्त वक़्त की बात है
वक़्त के; वक़्त बदलने में वक़्त ही नहीं लगा।
दूर तक छाए सपाट मैदान से
ऊँचे तीखे ढालयुक्त पहाड़ तक
वक़्त को आने में वक़्त ही नहीं लगा।
तब सुकून से पसरे वक़्त में
दूर तक फैले हरित मैदान में
फ़ुरसत से बैठी, सोचती रहती थी
ये पहाड़-सा लंबा धूसर वक़्त किस तरह काटूँगी?
अब तनाव से खिंचे वक़्त में,
ऊँची पर्वत की चोटी पर
ये सोचने की भी फुरसत नहीं
कि मैदान-सा हरा-भरा वक़्त कहीं हो भी सकता है?
ये क्या वक़्त आ गया है
जहाँ वक़्त ठहर ही नहीं पा रहा है?
बेतहाशा जूझती, गिरती पड़ती मैं
वक़्त से आगे निकल जाने की होड़ में
वक़्त-बेवक़्त भागती दौड़ती ही रही।
औ' वक़्त को; मुट्ठी की रेत की तरह
फिसलने में वक़्त ही नहीं लगा।
वक़्त से पहले कुछ भी नहीं मिलता
ये समझकर भी-
वक़्त के साथ चहलकदमी करने का
वक़्त ही नहीं निकाल पायी,
तब वक़्त ही ने याद दिलाया-

अपना सब कुछ तू पीछे छोड़ आयी।
इस वक़्त मैं बहुतेरा पछतायी,
क्यूँ मैं वक़्त को; वक़्त पर नहीं जान पायी?

www.ingramcontent.com/pod-product-compliance
Lightning Source LLC
LaVergne TN
LVHW040827051026
849519LV00007BA/2776
* 9 7 8 9 3 8 7 4 6 4 3 1 5 *